AF523535

Zwei von jedem

Rose Lagercrantz, geboren 1947 in Stockholm, leitete ein Kindertheater und arbeitete für Rundfunk und Fernsehen, bevor sie zu schreiben begann. Im Moritz Verlag erschienen u.a. ihre erfolgreichen Bücher über Dunne und deren Freundschaft zu Ella Frida sowie das Bilderbuch *Das Weihnachtskind* (Illustrationen von Jutta Bauer). In *Wenn es einen noch gibt* (persona Verlag) erzählt Rose Lagercrantz erwachsenen Lesern die Geschichte ihrer Familie.

Rebecka Lagercrantz, geboren 1972, ist Kinderärztin und Künstlerin. Sie malt, bildhauert und illustriert Kinderbücher. Rebecka Lagercrantz lebt mit ihrem Mann und ihren Kindern in Stockholm.

1. Auflage, 2021

Die schwedische Originalausgabe erschien 2020
unter dem Titel *Två av allt*
bei BonnierCarlsen Bokförlag, Stockholm
Vermittlung durch Bonnier Group Agency, Stockholm

Gestaltung: Max Bartholl, b3k-design
Druck: Florjančič tisk, Maribor
Printed in Slovenia
ISBN 978 3 89565 419 0
www.moritzverlag.de

Rose Lagercrantz
Rebecka Lagercrantz

ZWEI VON JEDEM

Aus dem Schwedischen
von Angelika Kutsch

Moritz Verlag
Frankfurt am Main

KAPITEL 1

Manchmal frage ich mich, wer über meine Gedanken bestimmt.
Ich selber?
Natürlich ich.
Und doch kommt es vor, dass sie ziehen, wohin sie wollen, und bis nach Siebenbürgen fliegen, wo ich gelebt habe, als ich klein war. Dort, wo auch Dracula gewohnt hat, der Vampir, der Menschen

biss und ihr Blut trank. Das hat mir mein großer Bruder Adam erzählt.
Am schlimmsten war es, dass Menschen, die gebissen wurden, sich selbst in blutsaugende Vampire verwandelten. Das hat er mir auch erzählt.
Ich habe ihm starr vor Schrecken zugehört.
»Aber du brauchst keine Angst zu haben, Eli«, sagte er beruhigend. »Dracula lebt nicht mehr. Sie haben ihm einen Pfahl ins Herz gerammt. Das ist wahrscheinlich die einzige Möglichkeit, Vampire umzubringen. Manche Leute behaupten, dass sie sich danach in Fledermäuse verwandeln.«

»Aber was ist mit den Menschen, die gebissen worden sind?«, fragte ich. »Die haben doch selbst auch wieder welche gebissen! Wenn die nun noch leben?« Ich bildete mir ein, in unserer Stadt könnten immer noch Vampire herumlaufen. Aber Adam versicherte mir, dass es nicht so war: »Das hätten wir doch bemerkt. Vampire kann man leicht erkennen, weil sie Reißzähne haben. Und wenn du jemanden mit Reißzähnen siehst, kehrst du um und rennst weg, so schnell du kannst.«

Und da fing ich an, das Laufen zu trainieren.

Ich glaubte alles, was mein Bruder sagte, denn er las so viel und war der Beste in seiner Klasse.

»Und du, Eli?«, fragte der Lehrer, als ich in die Schule kam. »Was kannst du gut?« »Rennen«, antwortete ich. »Und zwar *schnell*!«

Das stimmte. In meiner Klasse gab es nur noch ein einziges Kind, das genauso schnell rennen konnte wie ich, ein Mädchen, das Luli hieß. Meistens wurde sie Lulinke genannt, wie das Mädchen in dem Lied, das meine Mama manchmal sang.
Ich hörte es Mama summen, wenn sie backte oder bügelte. Oder einen Hosenknopf annähte oder was sie sonst gerade tat.

Eines Tages kam Luli zu mir und fragte, ob wir um die Wette laufen wollten.
»Ja, fang an«, sagte ich.
»Achtung, fertig, los!«, schrie Luli.
Und dann flogen wir davon.

In der Schule waren
wir immer zusammen,
Eli und Luli.
Bald konnte niemand
mehr den Namen des
einen ohne den des anderen nennen.

Eigentlich heiße ich Elias wie mein Papa, der bei dem alten Isaak im Stoffladen gearbeitet hat.
Isaak war so alt, dass er keine Kraft mehr hatte, die schweren Stoffballen auf die Regale zu heben. Das muss man, wenn man Stoffe verkauft. Die Ballen auf die Regale heben und wieder herunterholen, wenn Kunden den Stoff näher ansehen wollen.

Mein Papa kletterte ständig mit den Stoffballen die wacklige Leiter hinauf, aber das hätte er nicht tun sollen, denn er hatte ein schwaches Herz.
Eines Tages fiel er herunter und war tot.

Daran kann ich mich nicht erinnern, denn ich war noch ganz klein, als das passierte, gerade neugeboren, aber Adam hat es mir erzählt.
Wir hatten also keinen Papa mehr. Und kein Zuhause. Mama wusste nicht, wo wir wohnen sollten, denn sie konnte die Miete nicht mehr bezahlen.
Wir mussten unser Zuhause verlassen.
Plötzlich standen wir auf der Straße und wussten nicht, wohin.

Schließlich ging Mama mit uns zum alten Isaak. Er hatte ein großes Haus. Vorn zur Straße lag der Laden und nach hinten gab es noch viele Zimmer. Mama klopfte bei Isaak an und fragte, ob wir bei ihm wohnen dürften, wenn sie sich um den Haushalt kümmerte und kochte.

Und der alte Isaak hieß uns willkommen. Wir durften in seinem Haus mit Garten und allem bleiben. Wir durften auch essen, was Mama kochte. So viel wir wollten.

Aber seit ich Luli kennengelernt hatte, kam ich kaum zum Essen. Jedenfalls nicht zum Frühstücken.
Ich hatte es so eilig in die Schule zu kommen, denn ich wollte der Erste sein.
Mama musste zwei Brote schmieren, sie in Papier wickeln und in meinen Rucksack stecken.
Und dann lief ich los.

Sobald ich Luli entdeckt hatte, holte ich die Brote hervor und hielt sie ihr hin.
»Möchtest du?«
Luli freute sich sehr!

Bei ihr zu Hause gab es keine Mama, die Brote schmierte.
Ihre Mama war tot, genau wie mein Papa. Und Lulis Papa war nach Amerika gefahren. Das taten zu der Zeit viele arme Leute, denn dort konnte man reich werden, wenn man Glück hatte. Sobald der Papa genug Geld gespart hatte, würde er Luli und ihrer Schwester Hanna Fahrkarten schicken, damit sie nachkommen konnten.

Während Luli und Hanna auf diese Fahrkarten warteten, wohnten sie bei einer Verwandten, Tante Cipora, die den ganzen Tag mit ihrer großen gelben Katze im Schaukelstuhl saß.

In ihrem Haus zog es ständig und es war kalt. Es gab auch kein fließendes Wasser. Wenn Luli und Hanna sich waschen oder Geschirr spülen wollten, mussten sie Wasser mit einem Eimer draußen von der Pumpe holen. Wenn Luli morgens wach wurde, war sie allein. Hanna war schon unterwegs, um auf die Kinder einer reichen Familie aufzupassen.
Sie hatte nie Zeit, Milch und Brot für Luli zu kaufen, aufzuräumen oder den Eimer mit dem schmutzigen Abwaschwasser zu

leeren. Und auch nicht, den Nachttopf auszukippen. Jeden Morgen musste Luli mit dem Nachttopf nach draußen gehen und ihn ausspülen. Dann holte sie den Eimer mit dem Abwaschwasser und kippte es auf den Hof. Und schleppte sauberes Wasser in die Küche ...

... bevor sie mit knurrendem Magen zur Schule lief. Aber dort stand ich und wartete mit meinen Broten auf sie. Eins mit Käse und eins mit Ei. »Welches möchtest du haben?«, fragte ich. Luli konnte sich nie entscheiden.

Es endete damit,
dass ich sagte: »Nimm
beide!«
Und Luli biss hinein.
»Oh, schmeckt das
gut!«, stöhnte sie mit
vollem Mund.

Dann rannten wir ein paar Runden um die Schule.
»Achtung! Dracula kommt!«, schrie Luli und schoss an mir vorbei. Das war das Signal.
»Lauf schneller, Luli!«, schrie ich und holte sie ein. »Lauf um dein Leben!«

Nach der Schule rannten wir den ganzen Weg durch die Stadt nach Hause zum Stoffladen. Erst wenn wir dort ankamen, blieben wir stehen und holten Luft.

Ein Glöckchen bimmelte, wenn wir die Tür öffneten. Im Laden saß der alte Isaak und las Zeitung, während er auf Kunden wartete. Oder er war gerade dabei, ein Stück Stoff zu verkaufen. Wir warteten, bis die Kunden gegangen waren.

Dann liefen wir zu ihm und er holte die Schale mit den Bonbons.

»Wie viele darf man nehmen?«, fragte Luli. Die Antwort war jedes Mal dieselbe: »Nehmt zwei, liebe Kinder.«
»Danke«, sagte Luli, »dann kann ich eins meiner Schwester geben.«
»Danke«, sagte ich, »dann kann ich eins meinem Bruder geben.«
Das sagten wir jedes Mal, denn das hörte der alte Isaak gern.

Die Bonbons für unsere Geschwister hoben wir auf, die anderen beiden legten wir in eine Dose, die wir im Garten unter einem Busch versteckt hatten. Das war unser geheimer Schatz. Luli fand, diese Bonbons waren etwas Besonderes. Sie schmeckten nicht nur gut, sie waren auch hübsch. »Schöner als Diamanten und Rubine«, sagte sie.
»Und viel leckerer«, sagte ich.

Wir spielten oft im Garten, aber meistens waren wir draußen und rannten. Einmal blieb Luli plötzlich stehen und sah mich verwundert an.
»Warum rennen wir eigentlich so viel?«, fragte sie.

»Wir üben,
vor den Vampiren
wegzulaufen«, erinnerte ich sie.
»Na klar.« Luli lachte. »Das hatte ich fast vergessen!«

Luli lachen zu hören, war für mich das Schönste. Sie sollte jeden Tag lachen. Lachen und mit mir um die Wette rennen.

Und das tat sie. Wir liefen immer schneller, flogen wie Vögel überall herum, bis wir wieder im Garten des alten Isaak landeten.

Dort nahmen wir manchmal einen Bonbon aus der geheimen Dose und sprachen über alles zwischen Himmel und Erde. Aber wenn Luli anfing, von Amerika zu reden, stand ich auf und schlug vor, noch eine Runde zu laufen. Ich wollte nicht daran erinnert werden, dass Luli eines Tages wegfahren würde. Musste sie das wirklich? Sie schien in unserer Stadt doch ganz zufrieden zu sein. Jetzt, wo sie mich und die belegten Brote hatte. Aber wer weiß, vielleicht hatte sie manchmal Sehnsucht nach ihrem Papa?

Ich dagegen war froh, solange er diese Fahrkarten nicht schickte.

Mit der Zeit verschwanden die Vampire aus meinen Gedanken. Es war, als hätte ich es geschafft, vor ihnen davonzulaufen. Trotzdem passierte es noch manchmal, dass ich fürchtete, an irgendeiner Straßenecke könnte ein Vampir auftauchen. Darum warf ich jedem Fremden, dem ich begegnete, einen raschen Blick zu. Er hatte doch hoffentlich keine Reißzähne?

KAPITEL 2

Luli träumte davon, dass wir bis auf den Berg Szalavan liefen, der sich ein Stück entfernt von unserer Stadt erhob.
»Da möchte ich rauf«, sagte sie. »Ich hab es so gern, wenn man weit gucken kann.«

Ich tat so, als hätte ich nichts gehört.
Wenn es dort nun Vampire gab?

Auf dem Berg hatte Draculas Schloss zwar nicht gestanden, aber man konnte ja nie wissen.
Mir genügte es, über den Schulhof oder durch die Stadt zu rennen. Alles war so hübsch. Die Häuser sahen freundlich aus und es gab viele Bäume.

Hier und da hüpften kleine Eichhörnchen herum ... und im Sommer spielte ein Orchester im Park.

In dieser Stadt gab es alles, was man sich wünschen konnte. Von manchen Dingen gab es sogar zwei.

Zwei Flüsse. In dem einen war das Wasser sauber. Dort badeten wir. In dem anderen war das Wasser schmutzig. Und wir hatten nicht nur eine Hauptstraße, sondern zwei! Und zwei Friedhöfe, einen christlichen und einen jüdischen. Der christliche wurde Kirchhof genannt. Dort stellte man Blumen auf die Gräber.

Auf dem jüdischen legte man Steine auf die Grabsteine. Keiner von uns wusste, warum. Es war vielleicht eine Art Gruß an die Toten, um ihnen zu sagen, dass wir sie nicht vergessen hatten.
Neben dem Grab von meinem Papa wuchs ein Kirschbaum. Dort hatte ein Vogel einen Kern verloren, erklärte Adam.

Und jeder weiß ja, dass aus kleinen Kirschkernen, die auf die Erde fallen, große Bäume wachsen können.

Freitags wollte Luli nicht draußen herumrennen. Dann wollte sie nur bei mir zu Hause sein und Mama beim Kochen und Backen zugucken. Mama backte alles Mögliche. Strudel mit Nüssen, Strudel mit Mohn und Strudel mit Schokolade und Rosinen. Und cremige Käsekuchen mit geriebener Zitronenschale.

Oh, wie gut haben die geschmeckt!
Am besten aber schmeckte das Brot, das man nur am Sabbat isst.
Freitagsbrot hat Luli es genannt. Aber eigentlich heißt es Challe.

Luli liebte es, Mama zuzugucken, wenn sie den Teig knetete und zu langen Rollen formte, die sie zu einem Zopf flocht.
Zwei Freitagsbrote mussten es sein. 
»Warum das?«, fragte Luli.
»Warum immer zwei von jedem?«
»Damit niemand allein ist«, sagte Mama, »nicht einmal das Brot.«

Und dann begann sie, dieses Lied zu summen: »Luli, mein kleiner Vogel, Lulinke, mein Kind ...«

»Das handelt bestimmt von mir«, sagte Luli einmal. »Oder kennst du ein anderes Mädchen, das wie ich heißt?«
»Nein, natürlich nicht«, sagte Mama. »Ich kenne eine Sara, eine Frieda, eine Ester, eine Dora, eine Lilli – aber keine andere Luli.«
Für mich war es jedenfalls *meine* Luli, von der das Lied handelte – und nicht nur das Lied. Am Ende wird alles von ihr handeln.

Luli durfte die Brote nicht kosten, wenn sie fertig waren.

Niemand durfte sie kosten, bevor Mama die Freitagskerzen angezündet und für uns gebetet hatte. Und nicht, bevor der alte Isaak aus dem Gottesdienst nach Hause gekommen war und das Brot und den Wein gesegnet hatte.

Aber da war Luli schon weg. Hanna hatte sie abgeholt. Sie wollten zu Hause bei Tante Cipora die Freitagskerzen anzünden. Man muss sie anzünden, ehe es dunkel wird, denn dann beginnt der Sabbat und man darf keinerlei Arbeit tun – nicht aufräumen, nicht kochen, nicht einmal Kerzen anzünden. Erst am nächsten Abend, wenn die ersten drei Sterne am Himmel erscheinen.

So war es bei uns, und so würde es immer bleiben, dachte ich. Freitag für Freitag für Freitag. Jahr für Jahr.

Aber es kam anders ...

KAPITEL 3

In dem Winter, als ich neun Jahre alt war, wurde ich schwer krank. Es begann mit Fieber und Kopfschmerzen. Dann bekam ich Schmerzen in den Beinen, in den Augen, am ganzen Körper. Ich konnte nur ganz still im Bett liegen. Sobald ich versuchte, mich zu bewegen, wurde mir schlecht.

Ich verstehe nicht, dass diese schreckliche Krankheit den Weg in eine Stadt gefunden hatte, die so gut zwischen Wäldern und Bergen versteckt lag wie unsere.
Die Stadt mit zwei von jedem, sogar mit zwei Sprachen: Ungarisch und Rumänisch. Viele sprachen sogar drei, nämlich auch Jiddisch, die Sprache der Juden. So wie wir zu Hause in unserer Familie.

Der Winter war streng. Draußen tobten Schneestürme. Durchs Fenster sah ich, wie sich die Bäume im Sturm bewegten, als wollten sie davonlaufen.
Mama kam dauernd in mein Zimmer und fühlte meine Stirn. Sie wusste nicht, was sie machen sollte.

Plötzlich klopfte es an der Tür.
»Wer kann das sein?«, fragte der alte Isaak.
Mama ging öffnen.
»Luli!«, hörte ich sie rufen. »Was machst du bei diesem Wetter draußen?«
»Ich will zu Eli«, hörte ich Luli antworten.
»Eli ist krank«, sagte Mama. »Willst du nicht nach Hause zu Tante Cipora gehen? Hier kannst du dich anstecken.«

Aber Luli ging nicht nach Hause. Eine Weile später hörte ich am Fenster ein Geräusch.
Kratz, kratz, machte es. Und dann wieder Lulis Stimme: »Eli! Lass mich rein!«
Irgendwie schaffte ich es, aufzustehen und den Haken zu lösen. Das Fenster schoss mit einem Knall nach oben und der Schnee wirbelte ins Zimmer.
Luli versuchte, zu mir hereinzuklettern, aber sie schaffte es nicht. Sie klammerte sich am Fensterrahmen fest, bis sie loslassen musste und auf die Erde fiel. Dort blieb sie liegen wie ein verletzter Vogel.

Hilflos starrte ich zu ihr hinunter, bis Mama ins Zimmer gestürzt kam, um zu

sehen, was passiert war. Rasch steckte sie mich wieder ins Bett, lief zu Luli hinaus und trug sie ins Haus.
Sie rubbelte sie, damit Luli wieder warm wurde, und flößte ihr warme Hühnerbrühe ein.

Zu der Zeit gab es nicht so viele Medikamente wie heute, aber es gab Hühnerbrühe, die gegen alles Mögliche half. Sobald Luli die Brühe geschluckt hatte, wurde sie wieder munter.
Dann bekam sie ein Stück Challebrot mit ein bisschen Salz. Als Hanna sie abholte, war Luli fast wie immer.

Aber mir ging es schlechter. Der alte Isaak holte den Doktor, der sagte, ich hätte eine gefährliche Krankheit.
»Lasst uns hoffen, dass sie vorbeigeht«, murmelte er und gab Mama eine Dose mit Pillen, die meine Kopfschmerzen lindern sollten. So was gab es wenigstens.

Aber kaum war er gegangen, brachte Mama mir Hühnerbrühe. An die glaubte sie am meisten.

KAPITEL 4

So war es, als ich klein war. Ich war lange krank und Luli durfte mich nicht besuchen.

Aber sie kam trotzdem.

Sofort nach Schulschluss lief sie zu uns und klopfte an der Tür.

»Luli, du musst warten, bis Eli wieder gesund ist«, hörte ich Mama sagen.

»Ich weiß«, sagte Luli, »aber ich warte hier.«

»Nein«, sagte Mama. »Geh jetzt nach Hause.« Und Luli musste wieder gehen.

Ich lag im Bett und sah den Schnee vorm Fenster wirbeln. Häuser und Straßen waren kaum noch zu erkennen. Auch keine Menschen. Wer konnte, blieb lieber im Haus. Nicht aber Luli. Jeden Tag kam sie durch die Schneemassen gestapft und klopfte an unsere Tür, um zu fragen, ob es mir besser ginge.

Schließlich ließ Mama sie herein, holte eine Puppe, mit der sie selbst als Kind gespielt hatte, und einen Beutel mit Stoffresten und Nähzeug.

Luli setzte sich auf den Schemel neben mein Bett und fing sofort an zu nähen. Jedes Mal, wenn ich die Augen öffnete, sah ich sie dort sitzen, beschäftigt mit Nadel und Faden.
Wenn sie merkte, dass ich sie anguckte, fragte sie:
»Geht es dir jetzt besser?«
»Mmm ...«, machte ich.
Denn so war es, seit Luli endlich hereinkommen durfte.
Für mich war sie die beste Medizin.
»Sag noch etwas, Eli!«, bat sie.
Aber ich war noch zu schwach.

Das ist meine stärkste Erinnerung aus der Kindheit: Ich liege halbwach im Bett. Jedes Mal, wenn ich aufschaue, sitzt Luli auf dem Schemel und näht Puppenkleider, mit einem so ernsten Gesicht, dass man glauben könnte, es ginge ums Leben. Mein Leben.

Luli hatte große Pläne für uns.
»Sobald der Winter vorbei ist, werden wir nach draußen gehen und wieder rennen. Und wir werden weiter laufen als vorher«, sagte Luli.
»Wie weit denn?«, murmelte ich.
»Bis zum Friedhof«, sagte sie. »Da können wir Verstecken spielen, wenn uns keiner sieht.«

Wie soll ich es bis dorthin schaffen, fragte ich mich.

Aber bald redete Luli davon, dass wir noch weiter laufen sollten, bis zu den großen Feldern, wo im Frühling die Pferde mit ihren Fohlen grasten.
Ich hatte die schönen braunen Pferde sehr gern, aber wie sollte ich es bis dahin schaffen?

Und eines Tages kam Luli mit der Idee, dass wir noch weiter hinauf auf den Berg Szalavan laufen sollten. Ich glaubte, ich hätte nicht richtig gehört.
»Was sollen wir denn da?«, fragte ich matt.

»Nach der Quelle mit magischem Wasser suchen!«, erklärte Luli. »Von dem wird man wieder gesund. Alle Kranken werden gesund, wenn sie davon trinken.«
»Wer hat das gesagt?«
»Tante Cipora! Das Wasser hat viele Menschen gerettet.«
Luli sah mich fest an.
»Du willst doch nicht sterben, Eli?«, fragte sie mit zitternder Stimme.

Nein, das wollte ich nicht. Es will doch niemand sterben, der erst neun Jahre alt ist und so eine Freundin wie Luli hat! Aber der Weg auf den Berg Szalavan ist weit. Für mich war er gleichbedeutend mit dem Ende der Welt. Weiter schaffte ich es nicht mal in Gedanken. Doch für Luli, die daran gewöhnt war, bis nach Amerika zu denken, war es natürlich ein Kinderspiel, dorthin zu gelangen.

KAPITEL 5

Ich weiß nicht mehr, ob ich Luli gesagt hatte, was ich von ihren Plänen hielt. Wahrscheinlich lag ich still da und guckte aus dem Fenster und wartete darauf, ein Zeichen des Frühlings zu entdecken. Wenn ich nur ein solches Zeichen sähe, dann würde ich gesund werden, bildete ich mir ein.

Aber alles, was ich draußen sah, waren Schnee und Matsch. Und Bäume, die zu überlegen schienen, ob sie ausschlagen oder noch auf den Frühling warten sollten.

Mit den Bäumen war es eigentlich wie immer. Schließlich kamen die Blätter und dann die Blüten. Und dann kehrten die Zugvögel zurück.

Da entschied ich, dass es für mich an der Zeit war, aufzustehen und mich anzuziehen, obwohl Mama sagte, es sei noch zu früh.
Als sie beim Einkaufen war, schmierte ich ein paar Brote, steckte sie in den Rucksack und machte mich auf den Weg zur Schule.

Die anderen Kinder waren weit vor mir. Sosehr ich mich auch anstrengte, ich konnte sie nicht einholen. Ständig musste ich stehen bleiben und Luft holen.

Als ich den Schulhof erreichte, war er leer. Der Unterricht hatte schon begonnen.

Leise betrat ich das Klassenzimmer und blieb an der Tür stehen, um nicht zu stören. Aber der Lehrer bemerkte mich bald.
»Willkommen, Eli«, sagte er feierlich.
»Wir haben dich vermisst!«
Er schaute mich prüfend an.
»Bist du wieder gesund?«
Ich nickte und sah meine Klassenkameraden an. Aber die guckten kaum her.

Hatten sie mich vergessen, während ich krank war? Luli natürlich nicht. Sie lächelte mir zu.

Sobald die Stunde zu Ende war und ich ihr meine belegten Brote gegeben hatte, aß sie sie gierig auf und rief: »Dracula kommt! Lauf, Eli!«
Aber dafür hatte ich keine Kraft. Luli musste die anderen Kinder jagen. Ich saß nur da und guckte zu.

Was dann geschah, sehe ich noch klar und deutlich vor mir:
Es ist ein bisschen windig und die Erde ist mit kleinen hellblauen Blumen bedeckt. Luli hetzt unsere Klassenkameraden

Runde um Runde
über den Schulhof,
während ich allein
auf einem Stein
sitze und warte.
Schließlich hat sie
keine Lust mehr und sperrt die anderen
in einem unsichtbaren Gefängnis ein.
»Wartet hier, ich bin gleich wieder da«,
ruft sie und kommt zu mir gelaufen.
Da ist etwas, was sie mir erzählen will.

»Hab ich dir schon gesagt, was wir aus
Amerika gekriegt haben?«, fragt sie.
Ich ahne es. Und richtig, jetzt kommt es!
»Papa hat die Fahrkarten geschickt!«
Genau das, was ich befürchtet hatte.

Für Luli und Hanna ist es so weit, sie werden fortziehen. Ich will nichts mehr hören und drehe mich weg.

Aber Luli redet weiter. Von dem Zug, der sie durch ganz Europa fahren wird. Und dem Schiff, das sie über den Atlantik bringen wird. Und all dem Merkwürdigen, was es dort in der großen Stadt New York gibt, wo ihr Papa wohnt.
Von den Straßen, die so lang sind, dass man ihr Ende nicht sehen kann.
Von den Häusern, die so hoch sind, dass sie Wolkenkratzer genannt werden.
Sie erklärt und redet ohne Pause.
So eifrig habe ich sie noch nie erlebt, aber ich selber fange an zu weinen.

Ich kann nichts dagegen machen.

Als Luli das merkt, verstummt sie. Und alle ihre Gefangenen fliehen aus dem unsichtbaren Gefängnis und versammeln sich um uns.
Der Lehrer kommt angestürzt und sagt, dass ich noch nicht gesund bin und wieder nach Hause gehen muss. Luli darf mich begleiten.

»Nicht so schnell!«, bitte ich sie. Aber Luli kann nicht langsam gehen, sie kann nur rennen, hopsen oder hüpfen.

»Du brauchst ein bisschen magisches Wasser«, erinnert sie mich.
»Hör auf!«, zische ich. »Es gibt kein magisches Wasser! Geh doch und spiel deine blöden Spiele mit den anderen!«
Luli bleibt stehen und schaut mich beleidigt an. Dann dreht sie sich um und läuft zurück in die Schule.
Und ich schleppe mich mit schweren Schritten nach Hause.

KAPITEL 6

Am nächsten Morgen schlich ich wieder in die Schule. Aber Luli fehlte. Sie war doch nicht etwa nach Amerika gefahren, ohne Auf Wiedersehen zu sagen?

Nein, sie war noch da. Später am Tag, als ich im Garten vom alten Isaak saß und mich ausruhte, kam sie atemlos angelaufen. »Hier!« Sie hielt eine Flasche mit einer trüben Flüssigkeit hoch.
»Was ist das?«,
fragte ich misstrauisch.
Sie zog den Korken
aus der Flasche.

»Magisches Wasser aus der Quelle vom Szalavan«, sagte sie keuchend.

»Bist du ganz dort oben gewesen?«

»Trink das«, befahl sie, ohne auf meine Frage zu antworten.

»Trink es selber«, sagte ich, denn Luli sah durstig aus. Müde, verschwitzt und durstig. Sie schüttelte den Kopf.

»Ich bin doch gesund! Aber du brauchst jeden Tropfen.«

Ich nahm die Flasche und roch am Inhalt.

»Eklig!«, sagte ich.

»Du sollst nicht daran riechen, du sollst trinken, hab ich doch gesagt, damit du endlich gesund wirst und mich in Amerika besuchen kannst.«

»Wer hat gesagt, dass ich das soll?«, fragte ich.

»Ich!«, sagte Luli. »Aber zuerst musst du richtig gesund werden. Ich hab gehört, dass sie in New York jeden kontrollieren, der an Land gehen will. Wenn man auch nur ein bisschen krank ist, wird man zurückgeschickt.«

Da nahm ich einen Schluck.

Dann trank ich die Flasche leer und dachte, ich müsste mich übergeben.

»Gut«, sagte Luli. »Jetzt muss ich nach Hause und packen.«

Einige Stunden später kam sie mit Hanna wieder, um sich von Mama, Adam und dem alten Isaak zu verabschieden. Dann drehte sie sich zu mir um.

»Wir sehen uns in Amerika«, flüsterte sie. »Ich schreibe dir einen Brief und sage dir, wann du dich bereithalten kannst. Papa schickt die Fahrkarte.«

»Glaubst du das wirklich?«, fragte ich.

»Ich werde mit ihm reden!«, versprach Luli und gab mir die Hand. »Verlass dich auf mich.«

Das war das Letzte, was ich in meiner Kindheit von Luli sah und hörte.

KAPITEL 7

Luli hatte recht. Erst als ich die Flasche mit dem magischen Wasser geleert hatte, wurde ich ganz gesund und konnte wieder rennen. Nicht sofort, aber einige Tage später.
Oder waren es Wochen? Niemand weiß es, es ist lange her, aber ich erinnere mich an das Gefühl. Man ist lange krank gewesen und dann wacht man eines Morgens auf und fühlt sich wieder gut! Man ist wie ein neuer Mensch und die Welt ist wie neu!

Es war wunderbar! Aber Luli war weg.
Und es kam kein Brief.

Jeden Tag schaute ich im Briefkasten nach einem Lebenszeichen von ihr, aber es gab nichts für mich, nicht einmal eine Ansichtskarte.

In der Schule spielte ich Fußball mit den anderen Jungen. Nach der Schule auch.
Was hätte ich sonst tun sollen?
Alle wollten mich in ihrer Mannschaft haben, weil ich wieder sehr schnell geworden war. Bekam ich einen Pass, konnte ich den Gegnern leicht davonlaufen und ein Tor schießen.

Die Hausaufgaben schaffte ich ohne Probleme. Wenn ich etwas nicht verstand, fragte ich meinen großen Bruder.

So vergingen die Wochen und Monate. So vergingen die Jahre. Freitags und samstags folgte ich Adam und dem alten Isaak in die Synagoge. Ich lernte Hebräisch lesen mit Hilfe der Thora – der heiligen Schrift.

Als ich dreizehn wurde, war es Zeit für die Bar-Mizwa. Ich bekam meinen Gebetsschal und durfte in der Synagoge einen Teil des Gottesdienstes leiten.

Damit war ich kein Kind mehr, sondern zählte zu den erwachsenen Männern.

Und es vergingen weitere Jahre. Der alte Isaak wurde noch älter. Er fror ständig und war müde. Wenn er hinausging, trug er seinen langen schwarzen Wintermantel, sogar im Sommer.

»Eli«, rief er, wenn er mich entdeckte. »Komm und hilf mir ein bisschen im Laden.«
Ich sagte nie Nein und er stürzte sich auf die Zeitung. Dann kümmerte ich mich um

die Kunden und die schweren Stoffballen. Jetzt war ich es, der auf die wacklige Leiter kletterte.

Bald wusste ich fast genauso viel über Stoffe wie der alte Isaak. Manche Kunden fanden seine Ware zu teuer.

»Wer kann so viel für ein Stückchen Stoff bezahlen?«, beschwerten sie sich.

»Eine Schmatte!«, riefen sie. Schmatte ist Jiddisch und heißt Lappen.

Der alte Isaak verkaufte keine Schmattes, und ich ließ mich nie aufs Feilschen ein. Der Kunde ging, kam aber wieder und kaufte

das Stück Stoff trotzdem, denn die Stoffe des alten Isaak waren immer die besten. Ihm war es egal, was die Leute sagten. Jetzt war er meistens in seinen Zeitungen versunken. Weder sah noch hörte er, was um ihn herum geschah. Hin und wieder murmelte er etwas vor sich hin und schüttelte den Kopf.

Ich brauchte nicht zu fragen, warum. Jeden Tag konnte man etwas über einen großen Krieg lesen, der in Europa tobte. Aber wir wohnten ja tief in den Wäldern und Bergen und hatten nicht viel davon bemerkt. Noch nicht. Oft regte er sich auf, weil jemand etwas Böses über die Juden geschrieben hatte.

»Diese Antisemiten sind die gefährlichsten Menschen, die es gibt«, sagte Adam. »Nimm dich vor denen in Acht! Sie mögen keine Juden und versuchen, besondere Vorschriften für uns zu finden.«

Aber mir waren die Antisemiten egal. Ich lief, so oft ich konnte, hinaus auf die Straße, und spielte Fußball. Das war das Einzige, was ich tat, während ich auf den Brief von Luli wartete. Und ich wartete immer. Auf den Brief mit oder ohne Fahrkarte für die Überfahrt. Das spielte keine Rolle.

Wenn Luli mir bloß endlich schriebe! Ich war sicher, dass der Brief kommen würde. Sie hatte ja gesagt, dass ich mich auf sie verlassen könnte.

Es dauerte lange, ehe ich aufgab und mir verbot, überhaupt noch an Luli zu denken. Aber was machen Gedanken? Genau das, was sie wollen.

Wieder und wieder sagte ich mir, dass ich nun aufhören musste zu warten.
Vielleicht hatte Luli schon geheiratet.
Einen reichen Amerikaner.
Aber sie war es doch gewesen, die mein Leben gerettet hatte, indem sie den langen Weg hinauf auf den Berg Szalavan

gelaufen war, um nach der Quelle mit dem Wasser zu suchen, das Wunder wirkte ... Und da fing ich an, wieder an sie zu denken. Ich konnte mir doch nicht verbieten, an jemanden zu denken, der mein Leben gerettet hatte!
Manchmal lag ich nachts wach wegen all der Gedanken, die in meinem Kopf herumwirbelten.

Einige Male meinte ich, Tante Cipora besuchen zu müssen, um sie zu fragen, ob sie etwas aus Amerika gehört hatte.
Tante Cipora war auch älter geworden, viel älter. Sie konnte schlecht sehen und hören. Und sich auch nicht gut erinnern.
»Nachrichten von wem?«, schrie sie.

»Aus Amerika!«, brüllte ich zurück.
Tante Cipora schüttelte den Kopf.
»Die kenn ich nicht.«
Mit Tante Cipora zu reden, machte einen nicht schlauer.

KAPITEL 8

Aber dann geschah etwas, was alles veränderte. Der Krieg kam näher.
In unserer Stadt tauchten Soldaten auf.

Und die Antisemiten bekamen mehr zu sagen. Für uns Juden wurden besondere Gesetze erlassen.
Wir durften keine Radioapparate mehr haben. Adam musste das Radio abgeben, das beim alten Isaak stand.

Zum ersten Mal in meinem Leben sah ich meinen großen Bruder weinen. Die, die jetzt in unserem Land das Sagen hatten, wollten nicht, dass wir Informationen von der Außenwelt bekamen.

Und es wurde noch schlimmer. Schlimmer und schlimmer. Die neuen Vorschriften kamen Schlag auf Schlag.
Juden mussten gelbe Sterne auf ihrer Kleidung tragen. Juden durften keine Geschäfte mehr besitzen. Der alte Isaak wurde gezwungen, seinen Stoffladen abzugeben.
Ich verstand nicht, wie die Menschen dachten, die jetzt an der Macht waren.
Wovon sollten wir leben?
Heute ist mir klar, was sie im Sinn hatten. Wir *sollten* nicht länger leben. Aber es dauerte, ehe ich das begriff.

Eines Tages kamen Soldaten und holten uns aus unseren Häusern. Wir wurden gezwungen, uns auf der Straße zusammen mit vielen anderen unglücklichen Menschen aufzustellen, die auch aus ihren Häusern gejagt worden waren.
Es war Anfang Mai, als die Bäume gerade blühten.
Die Nachbarn guckten aus dem Fenster und ich wäre am liebsten weggelaufen.

Aber wenn ich das getan hätte, wäre ich auf der Stelle erschossen worden, sagte Adam.

Wir mussten zu einem anderen Stadtteil marschieren, wo auch schon viele Menschen auf die Straße getrieben worden waren.

Von nun an musste sich unsere Familie eine winzige Wohnung mit einem jungen Mädchen teilen, das Anja hieß. Sie hatte ständig Kopfschmerzen, und Mama legte ihr feuchte Tücher auf die Stirn. Was später mit Anja passiert ist, weiß ich nicht. Sie verschwand in dem Durcheinander und der Panik, die ausbrachen,

als wir nach einiger Zeit wieder hinausgejagt wurden, diesmal zum Bahnhof. Dort wurden wir in Viehwaggons eines Zuges getrieben, der uns durch Tag und Nacht fuhr, und wir wussten nicht, wohin.

Schließlich hielt der Zug an, die Türen wurden aufgeschoben und Soldaten brüllten, dass wir aussteigen sollten ...

Hier muss ich eine Pause machen.

KAPITEL 9

Was dann kam, kann ich eigentlich nicht erzählen. Ich versuche es trotzdem.

Das Erste, was geschah, nachdem wir aus dem Zug gestoßen wurden, war, dass Soldaten mit großen Hunden kamen und brüllten, wir sollten uns schneller vorwärtsbewegen.

Ich klammerte mich an Mama fest, bis wir vor einem Mann stehen bleiben mussten, der uns befahl, in verschiedene Richtungen zu gehen. Mama in eine Richtung und Adam und ich in eine andere.

Aber ich ließ Mama erst los, als ein Soldat uns auseinanderriss.

Es war das letzte Mal, dass wir unsere Mama sahen, aber davon ahnten wir in diesem Augenblick nichts.
Wenn ich es begriffen hätte, ich hätte den Verstand verloren.

Den alten Isaak habe ich auch nie wiedergesehen.

Wir waren in ein Todeslager gebracht worden, das Auschwitz hieß. Ein Teil der Menschen wurde direkt in den Tod geschickt, während andere am Leben gelassen wurden, solange sie noch Kraft hatten zu arbeiten.

Adam und ich gehörten zu denen, die weiterleben durften.

Nach einiger Zeit wurden wir in ein anderes Lager gebracht, ein Arbeitslager. Und dann in ein drittes Lager, das Bergen-Belsen hieß.
Dort bekam ich wieder eine unheimliche Krankheit, Typhus. Ich wurde so schwach, dass ich glaubte, nun sei es aus mit mir.
Ich lag auf dem Fußboden der Baracke und dachte wieder an Luli, nur an sie und an nichts anderes.
Ich dachte so sehr an sie, dass ich sie ganz lebendig vor mir sah. Ihr schwarzes krauses Haar, ihre dunklen Augen, ihren Blick ...

»Jetzt sterbe ich«, sagte ich zu ihr, »und du, Luli, musst dich an mich erinnern. Sonst ist es, als hätte es mich nie gegeben.« Es war so seltsam! Ich konnte mit ihr reden, obwohl ich in Bergen-Belsen war, in Deutschland, und sie weit weg in Amerika. Und sie antwortete mir.
»Eli!«, rief sie, genau wie sie gerufen hatte, als wir noch klein waren. Immer hatte sie nach mir gerufen – auf dem Schulhof, auf der Straße und vor meinem Fenster.
Jetzt hörte ich sie in meinem Kopf rufen.

In der Baracke hörte ich auch eine Stimme. Es war Adam, der an der Tür stand.
»Eli! Komm schnell gucken! Da kommen neue Soldaten! Wir werden befreit!«

Aber ich wollte nur Lulis Stimme hören und lag ganz still, damit sie nicht verschwand. Als Adam merkte, dass ich nicht reagierte, erschrak er und stürzte zu mir. »Du willst doch jetzt nicht aufgeben?«, schrie er flehend und schüttelte mich. »Bitte, Eli! Lass mich nicht allein!«

Zwei Mal in meinem Leben bin ich dem Tod nah gewesen. Dies war das zweite Mal. Als die Befreier in die Baracke kamen und mich auf eine Trage hoben, glaubte ich, sie würden mich an eine Stelle bringen, wo sie die Leichen ablegten.

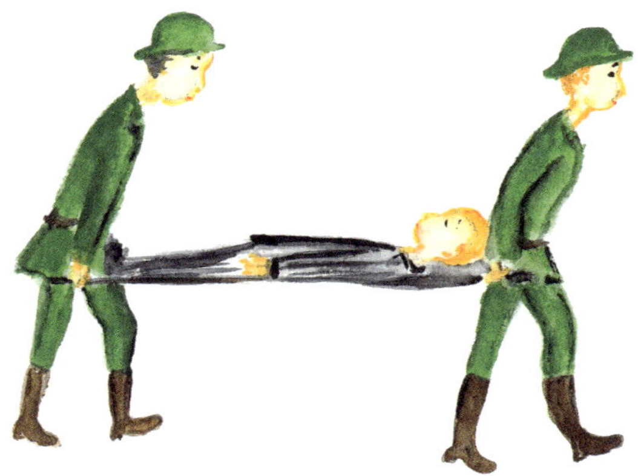

Aber sie brachten mich in eine Kranken-baracke.
Dort pflegten sie mich, bis ich wieder gesund war. Ich hatte es wieder geschafft. Ich war jetzt ein Überlebender. So wurden solche wie ich später genannt.

KAPITEL 10

Der Krieg ging zu Ende.
Die Lagerinsassen, die noch am Leben waren, wurden befreit. Manche streiften herum auf der Suche nach Essbarem. Ich saß meistens nur da und grübelte darüber nach, wie mein Leben weitergehen sollte. Wohin sollten Adam und ich gehen? Sollten wir versuchen, in unsere Heimat zurückzukehren?

Adam sagte Nein. Dort wartete niemand auf uns.
»Es ist besser, wenn wir versuchen, an einen anderen Ort zu kommen«, sagte er.

Aber wo würde man uns aufnehmen?

Wir hatten Glück. Mit Hilfe des Roten Kreuzes gelangten wir nach Schweden, wo wir zu essen bekamen und uns ausruhen durften. Dann fingen wir von vorn an. Wir fanden Arbeit, so dass wir uns selbst versorgen konnten.
Ich arbeitete als Putzhilfe für die Lampenfabrik Luma. Dort fegte und putzte ich den ganzen Tag. Und trank Kaffee.
Adam bekam einen Job bei der Post.

Abends paukte er Schwedisch, während ich Fußball spielte. Mein einziges Ziel war, vor all den Gedanken, die wieder kreuz und quer durch meinen Kopf flogen, davonzulaufen.

Adam lernte ein Mädchen kennen. Sie hieß Kerstin und die beiden verlobten sich. »Du solltest auch jemanden kennenlernen«, sagte er zu mir. »Kerstin hat eine Freundin, die heißt Ulla ...«

Doch dazu kam es nicht, denn dann geschah es! Plötzlich war er da, der Brief! Wie hatte er mich finden können, wo ich mich jetzt in Stockholm befand? Mit zitternden Fingern riss ich ihn auf:

Lieber Eli!
Durch das Rote Kreuz habe ich erfahren, dass Du lebst und in Schweden bist. Endlich kann ich wieder atmen. Aufatmen, meine ich. Wie Du Dir vielleicht schon denken konntest, wurde es hier in New York nicht so, wie wir es uns vorgestellt hatten.
Mit Papa ist es nicht gut gelaufen. Er wurde nicht reich, und das bisschen, das er zusammenkratzen konnte, hat er beim Kartenspiel verloren.
Hanna und ich mussten hart arbeiten, um zu überleben. Hanna fand einen Job in einer kleinen Fabrik, in der Kleider genäht wurden.

Sie wohnte bei einem anderen Mädchen, das auch dort arbeitete.
Ich wohnte in einem Verschlag bei einer reichen Dame, für die ich putzte. Ich hatte ständig Hunger, wie früher.
Eines Tages, als ich die Küche scheuerte, konnte ich es nicht lassen, mir einen Hühnerschenkel zu schnappen, der in einem Topf auf dem Herd vor sich hin köchelte. Aber das hätte ich nicht tun sollen.
Ich wurde auf frischer Tat ertappt und musste sofort gehen. Dann hatte ich weder einen Verschlag noch eine Arbeit.
Schließlich habe ich eine Stelle als Küchenmädchen in einem Hotel gefunden und kann nun in einem anderen Verschlag schlafen.
Jetzt gefällt es mir besser. Hier in New York

gibt es eigentlich alles, was es bei uns zu Hause gab, nur keine grünen Berge. Aber die New Yorker haben natürlich ihre Wolkenkratzer. Der höchste heißt Empire State Building und hat 102 Stockwerke. Wenn Du kommst, werden wir uns von dort oben die Aussicht angucken.

Aber ich habe immer noch nicht viel Geld. Kriegst Du es selbst zusammen für die Fahrkarte? Komm her, Eli!
Komm, so schnell Du kannst!
Ich warte auf Dich!

Herzliche Grüße
von Deiner Freundin Luli

Ich hatte nicht geglaubt, dass ich jemals wieder froh werden könnte, aber der Gedanke an Luli veränderte alles. Sie hatte mich nicht vergessen. Sie hatte ihr Versprechen gehalten, mir zu schreiben. Sie wollte mich treffen. Sie wollte, dass ich mit ihr auf den höchsten Wolkenkratzer steige.
Und das Schönste von allem:
Sie hatte nichts von einem reichen Amerikaner geschrieben ...

KAPITEL 11

Ich antwortete ihr sofort und schrieb, dass ich kommen würde, aber dass es dauern könnte. Ich müsste lange putzen, ehe ich das Geld für die Fahrkarte mit dem Schiff nach Amerika zusammenhätte. Aber ich würde noch mehr Jobs annehmen. Und dann würde Adam mir wohl helfen mit dem Geld, das fehlte.

So kam es auch.

Schließlich konnte ich an Bord eines Schiffes gehen, das im Hafen lag und auf mich wartete. Aber ich war sehr nervös.

Wie würde es sein, Luli nach so vielen Jahren wiederzusehen?
Würden wir einander überhaupt erkennen?

Deswegen hätte ich mir keine Sorgen machen brauchen.
Als das Schiff nach zehn langen Tagen auf dem Meer am Kai von New York anlegte und ich von Deck nach Luli Ausschau hielt, entdeckte ich schnell jemanden, der herumhüpfte und mit einem langen roten Schal wedelte – Luli natürlich.

Aber sobald ich an Land gegangen war und wir uns begrüßt hatten, fühlte ich, dass irgendetwas nicht stimmte.
Was war mit ihr geschehen?
Erst als wir den Hafen verlassen hatten und ein Stück gegangen waren, begriff ich es: Luli war kein Kind mehr!
Sie war erwachsen geworden! Genau wie ich auch.
Wir wussten nicht, was wir miteinander reden sollten. Sie wirkte fast genauso angespannt wie ich.

»Dieser Wolkenkratzer, von dem du geschrieben hast«, sagte ich nach einer Weile, »wollen wir auf den mal raufsteigen?«

»Auf einen Wolkenkratzer *steigt* man nicht«, korrigierte sie mich. »Dafür gibt es Aufzüge.«

Das war also das Erste, was Luli und ich nach all diesen Jahren taten: Wir gingen zum Empire State Building und fuhren hinauf und guckten uns New York von oben an. Dann fuhren wir wieder hinunter und tranken Kaffee in einem *Coffeeshop* ...

... und teilten uns ein Stück Torte. Es sah lecker aus, schmeckte jedoch nach fast gar nichts.

Aber wir wussten immer noch nicht, worüber wir reden sollten.

»Die Torten von deiner Mama haben besser geschmeckt«, sagte Luli schließlich.

»Sie hat mir beigebracht, wie man Brot und Torten backt, die nach etwas schmecken.«

»Wirklich?«, fragte ich erstaunt. »Ich erinnere mich nur daran, dass wir draußen waren und gerannt sind.«

»Wirklich?«, fragte Luli genauso erstaunt. »Ich jedenfalls nicht.«

Wir schienen uns an unterschiedliche Sachen aus unserer Kindheit zu erinnern.

»Wir haben doch gar nichts anderes gemacht als rennen!«, sagte ich.

»Komisch, dass ich das vergessen habe«,

sagte Luli. »Erinnerst du dich nicht, dass du bis auf den Berg Szalavan gelaufen bist, um mir eine Flasche mit magischem Wasser zu holen?«

Luli schaute weg.

»Nein, so war es nicht«, murmelte sie, als wir den Coffeeshop verließen. »Meine Schwester hatte mir verboten, das zu tun.«
»Wer hat das Wasser dann geholt?«, fragte ich.

»Niemand.« Luli wurde rot. »Hanna hat eine Flasche genommen und mit Abwaschwasser aus dem Eimer gefüllt. Tante Cipora behauptete, das würde genauso gut helfen. Die Hauptsache sei, dass du daran glaubtest, wieder gesund zu werden.«
Mir blieb der Mund offenstehen.

»Was sagst du da, Luli! Bin ich gesund geworden, weil ich *Abwaschwasser* getrunken habe?«
»Ja ...«
Plötzlich brach sie in perlendes Lachen aus. Ich höre Luli so gern lachen! Und in dem Augenblick, in dem sie gestand, was es mit dem magischen Wasser auf sich hatte, war es, als würde sich die Zeit

auflösen. Endlich fühlte es sich wie früher an, wenn wir miteinander geredet hatten ...

Aber das ist nicht das Ende der Geschichte. Sie geht immer noch weiter. Jetzt höre ich Luli jeden Tag lachen, denn ich blieb bei ihr in New York und wir heirateten.

KAPITEL 12

Wir waren wieder zwei!
Sobald wir konnten, eröffneten wir eine kleine Bäckerei, eine *Bakery*, in der wir Strudel gefüllt mit Nüssen und Strudel gefüllt mit Mohnstreuseln und Strudel mit Schokolade und Rosinen verkauften. Und cremige Käsekuchen mit geriebener Zitronenschale!

Und freitags verkauften wir Challebrot.

Luli stand nachts um zwei auf und backte. Das tut sie immer noch.

Tagsüber steht sie im Laden. Ich mache alles andere – scheuere die Backbleche, kümmere mich um den Einkauf und fahre in der Stadt herum und verkaufe unser Brot an andere Bäckereien. Manchmal verkaufe ich gut, manchmal schlecht. Fast jeden Cent, den ich einnehme, gebe ich Luli. Selbst bin ich zufrieden, wenn ich nur ein paar Dollar in der Tasche habe, damit ich eine kleine Überraschung für die Kinder kaufen kann. Denn wir bekamen zwei Kinder, erst ein Mädchen, Golda, die mir ähnlich sieht. Und dann einen Jungen, der mir auch ähnlich sieht, Robin. Aber er wird Bobbi genannt.

In meinem Leben gibt es zwei von jedem. Ein Leben vor dem Krieg und ein neues Leben danach mit Luli und den Kindern. Ich bin so glücklich, dass es mich noch gibt. Wenn ich nur nicht von dem spreche, was ich erlebt habe, ist alles gut.
Kein Wort über meine Erlebnisse kommt

über meine Lippen. Ich hoffe, meine Erinnerungen verschwinden, wenn ich nicht über sie spreche.
Aber manchmal wache ich nachts von Albträumen auf.

Als Golda klein war, sollte ich ihr erzählen, wie es war, als ich ein Kind war, und ich antwortete, ich könne mich nicht erinnern.
»Aber Papa, an irgendwas musst du dich doch erinnern?«, beharrte Golda.
»Na ja, vielleicht an irgendwas ...«

Und ich erzählte von den Eichhörnchen im Park und von Tante Cipora, die den ganzen Tag ihre große gelbe Katze streichelte und Flöhe knackte, die sie im Fell fand.

Aber als Golda größer wurde und nach dem Krieg fragte, schwieg ich. »Ich muss in der Schule eine Arbeit darüber schreiben«, erklärte Golda. »Kannst du nicht wenigstens versuchen, mir ein bisschen zu erzählen, wie es war?« »Vielleicht ein andermal«, sagte ich.

Nachts wachte ich schweißgebadet auf.
Ich ging in die Küche zu Luli, die gerade einen Teig knetete.
»Ich will den Kindern nicht solch schreckliche Sachen erzählen«, sagte ich.
»Das verstehen sie sowieso nicht.«
Luli hörte auf zu kneten und dachte eine Weile nach.

»Doch«, sagte sie schließlich.
»Kinder verstehen es. Und Kinder wollen es wissen!«
»Ich verstehe es ja selber nicht«, sagte ich.
Luli schwieg.

KAPITEL 13

Aber mein anderes Kind, Bobbi, wollte nur etwas über Vampire hören.

»Man konnte immer noch welche in meiner alten Stadt treffen«, schwindelte ich dann. »Man erkannte sie erst, wenn sie lächelten und ihre Reißzähne zeigten.«

So mussten Märchen anfangen, fand Bobbi. Und die verschiedenen Abenteuer mussten immer damit enden, dass Luli und ich von den gefährlichen Wölfen der Vampire gejagt wurden.

»Aber wir haben uns jedes Mal gerettet, weil wir so schnell rennen konnten«, versicherte ich ihm. »Wenn wir es bis

zum Stoffladen schafften, stand dort der alte Isaak und wartete auf uns.«
»Was hat er da getan?«, fragte Bobbi weiter.
»Onkel Isaak hat sich so manches einfallen lassen. Meistens schrie er nur REIN MIT EUCH! und knallte die Tür hinter uns zu. PENG! Und wir waren gerettet.«
Bobbi konnte aufatmen und Luli, die beim Backen heimlich zuhörte, lächelte zufrieden.

»Kannst du nicht ein bisschen mehr erzählen von uns, als wir Kinder waren?«, bat sie mich manchmal. »Nur meinetwegen.«
Aber ich konnte es nicht.

Eines Abends ließ sie den Teig liegen, wischte sich das Mehl von den Händen und holte Papier und Bleistift.
»Worüber man nicht sprechen kann, das muss man aufschreiben«, sagte sie zu mir. »Bitte!«
Ich schüttelte den Kopf. Ich wusste nicht einmal, wie ich anfangen sollte.
»Erinnerst du dich daran, warum wir beide so gute Freunde wurden?«
Ich dachte nach.

»Weil du die Einzige warst, die genauso schnell rennen konnte wie ich«, fiel mir ein.

»Dann schreib das auf! Schreib deine Gedanken so auf, wie sie in deinen Kopf kommen.«

»Die kommen und gehen, wie sie wollen«, seufzte ich. »Ich versuche, über sie zu bestimmen, aber …«

»Du sollst jetzt nicht reden!«, unterbrach Luli mich. »Du sollst schreiben!«

Sie kehrte zu ihrer Arbeit zurück und ich blieb am Fenster stehen und schaute hinaus über die Stadt. Wenn es das ist, was Luli sich wünscht, dann muss ich es auf jeden Fall versuchen.

Also nahm ich den Bleistift und begann.

Und hier ist sie nun, die Geschichte über uns.
Was wäre das Leben ohne Luli? Sie, die immer zu mir kam, wenn ich krank war.
Und wenn sie selbst einmal krank wird?, denke ich, obwohl ich mir verboten habe, so zu denken. Doch was kümmert das die Gedanken?
Nein, falsch!

Ich fange noch einmal an.
So ist es richtig: Wenn Luli wirklich einmal krank wird – möge es nie geschehen ... Aber wenn, dann bin ich es, der bei ihr sitzt. Tag und Nacht. Das muss auch in der Geschichte über uns stehen.
Denn in meinem Leben gibt es immer zwei von jedem, aber nur eine Luli.

NACHWORT

»Ich bin so glücklich, dass es mich noch gibt. Wenn ich nur nicht von dem spreche, was ich erlebt habe, ist alles gut.« Das redet sich Eli in der Erzählung *Zwei von jedem* ein. Meine Mama Ella war wie er. Sie wollte am liebsten gar nicht über ihre Vergangenheit sprechen, wollte nur im Jetzt leben und sich darüber freuen, dass es sie noch gab.

Sie wurde als Jüngste von sechs Kindern geboren.
Die Familie Kallos wohnte in einer kleinen Stadt, die hübsch eingebettet zwischen grünen Bergen lag, in dem Land, das heute Rumänien heißt.
Dort ging es ihnen gut, bis der Zweite Weltkrieg sie erreichte und der Antisemitismus immer mehr zunahm.
Schließlich wurden die Juden aus der Stadt vertrieben.
Alle mussten ihr Zuhause verlassen und wurden mit Zügen ins Vernichtungslager Auschwitz gebracht.
Auch Ella und ihre Familie.

Meine Großmutter Rose, ihre beiden ältesten Töchter Helen und Jolan und deren kleine blonde Söhne, Jurij, fünf Jahre alt, und Erwin, sieben, wurden gleich bei der Ankunft umgebracht.
Einer von Ellas Brüdern, Eugen, wurde am Ende des Krieges erschossen. Was mit ihrem Bruder Victor passiert war, wusste sie zunächst nicht.
Sie selbst und die dritte Schwester, Rosalia, wurden nach einiger Zeit in ein Arbeitslager verlegt und dann nach Bergen-Belsen gebracht.
In ganz Europa waren Konzentrationslager unterschiedlicher Art errichtet worden, in denen Menschen hart arbeiten mussten, verhungerten, vergast wurden oder wie Eli in Bergen-Belsen an Typhus erkrankten.

Dort befanden sich Ella und Rosalia, als die Engländer kamen und sie befreiten. Der Krieg war zu Ende.
Ella lag todkrank auf dem Fußboden. Ihre Schwester Rosalia wurde weggetragen – aber nicht zu den Toten, wie Ella glaubte, sondern in eine Krankenbaracke, wo sie beide gepflegt wurden, bis sie wieder gesund waren.

Ich kann es nicht fassen, dass sie überlebt haben. Aber Millionen anderer Juden in ganz Europa kamen um. Ich bin Jüdin, zwei Jahre nach dem Krieg geboren. Wäre ich einige Jahre eher auf die Welt gekommen, wäre ich umgebracht worden wie meine kleinen Cousins Jurij und Erwin.

Dank des Roten Kreuzes wurden meine Mama und ihre Schwester Rosalia in Schweden aufgenommen, wo sie als Haushaltshilfen arbeiteten.
Eines Tages geschah etwas, das meine Mama »das Wunder« nannte. Ihr großer Bruder Victor meldete sich!
Er hatte den Krieg ebenfalls überlebt und erfahren, dass sich seine Schwestern in Schweden befanden. Bald gelang es ihm, zu ihnen zu kommen. Er fand eine Arbeit in der Lampenfabrik Luma – wie Eli in der Erzählung.

Auch mein Onkel Victor weigerte sich, mit mir über seine Erlebnisse im Krieg zu sprechen, aber nach und

nach erfuhr ich doch einiges – das, was er seiner Frau Viorica erzählt hatte.
Sie war ebenfalls in Auschwitz und Bergen-Belsen gewesen und konnte erzählen, nicht nur von der Zeit in den Lagern, sondern auch davon, wie es früher in der kleinen Stadt gewesen war.

Ich habe jedes einzelne Wort von ihr aufgeschrieben, wörtlich, aber erst später, als ich erwachsen war und sie in Kanada besuchte, wo die beiden sich niedergelassen hatten. Nach einigen Jahren in Schweden waren sie dorthin ausgewandert, weil Victor es in Europa nicht ausgehalten hatte. Und Rosalia war ihnen gefolgt.
Aber Ella, die den Mann kennengelernt hatte, der mein Papa werden sollte, blieb in Schweden. Sie heirateten und dann wurde ich geboren. So kommt es, dass ich hier bin und erzähle, was ich weiß.

Die deutschen Nazis, die den Krieg angefangen hatten, wurden besiegt – nachdem mindestens 60 Millionen Menschen ihr Leben verloren hatten. Doch heute gibt es neue Nazis. Und neue Antisemiten. Auch bei mir in Schweden. Sie sind nicht an irgendwelchen Reißzähnen zu erkennen wie Vampire, sondern an ihren Meinungen.

Ich habe mehrere Bücher über das Schicksal von Juden in unserer Zeit geschrieben, alle basieren auf dem, was mir Menschen, die mir nahestanden, schließlich doch erzählt haben. Aber als mich der schwedische Rundfunk vor gar nicht langer Zeit bat, ein Märchen für Kinder darüber zu schreiben, habe ich gezögert. Ein Märchen? Das kann ich nicht, dachte ich. Der Nationalsozialismus ist kein Märchen. Der Antisemitismus ist kein Märchen. In Märchen passieren entsetzliche Dinge, aber sie enthalten oft auch etwas anderes: Liebe.
Daran habe ich mich gehalten. Die Liebe, die sich in dieser Erzählung zu Anfang zwischen zwei Kindern abspielt. Aber kann Liebe das Entsetzliche ausgleichen? Ich glaube es. Jedenfalls im Märchen. Und so wurde es doch ein Märchen.

Fast alle meiner Verwandten sind umgebracht worden, und inzwischen sind jene, die den Holocaust überlebt haben, ebenfalls fort.
Aber in meinen Notizbüchern stehen Worte und Sätze von denen, die die Kraft hatten zu erzählen. Wenn man noch Worte hat, kann man froh sein, denn in ihnen leben die Menschen stärker weiter als in etwas anderem.
Es sind ihre Worte, die ich in dieser Erzählung benutzt habe. Sie wurde anlässlich des Gedenkens an die Befreiung von Auschwitz vor 75 Jahren im Radio gesendet. Dank an Camilla Blomberg vom schwedischen Rundfunk, die die Sendung gestaltet hat.
Und Dank an Ulrika Carperius, Agneta Wallgren und Lena Thunell vom Verlag BonnierCarlsen, die mich haben weitererzählen lassen und dafür gesorgt haben, dass daraus ein Buch wurde.

Rose Lagercrantz, im Mai 2020